LETTRE

ADRESSÉE

A TOUS LES ÉLECTEURS DE FRANCE.

LETTRE

ADRESSÉE

A TOUS LES ÉLECTEURS DE FRANCE,

ET PRINCIPALEMENT

AUX ÉLECTEURS DE LA CAMPAGNE,

PAR Jean-Baptiste RENAUD,

ANCIEN VOLONTAIRE DE L'ARMÉE DU GÉNÉRAL LAFAYETTE, PRÉSEN-
TEMENT CULTIVATEUR A OLLAINVILLE ET ÉLECTEUR.

Prix : 25 centimes.

SE VEND AU PROFIT DES POLONAIS,

CHEZ TOUS LES LIBRAIRES DE PARIS

ET DE LA PROVINCE.

1831.

ÉLECTEURS,

Le moment approche où nos votes vont dé-
cider le sort de notre belle patrie. Selon le choix
des députés que nous nommerons, la France
peut parvenir au plus brillant degré de prospérité ou tomber dans la ruine et le malheur.

C'est à ce sujet que je veux vous écrire en
ami.

Je ne suis qu'un simple cultivateur; mais ayant
parcouru toute l'Europe lorsque j'étais sergent-
major dans les armées françaises, j'ai vu les dif-
férents peuples, j'ai observé leurs constitutions;
j'ai même été prisonnier en Angleterre, et j'ai
pu étudier la tactique de ce gouvernement. De-
puis mon retour en France, j'ai consacré à l'étude
de la politique et des intérêts de mon pays le
temps que ne réclamaient pas les travaux de l'a-
griculture.

Pendant la terrible campagne de France, en
1814, l'empereur Napoléon étant venu loger
dans ma ferme pendant une nuit d'orage, j'ai
eu l'honneur de causer avec lui et de lui exposer
mes idées sur la situation de la patrie. Il daigna

m'écouter avec bienveillance, et ayant poussé un soupir qui était l'image de son âme , il me répondit : « Tu as raison ; tu es un vrai Français, « et je te récompenserai. »

Ces paroles resteront à jamais gravées dans mon cœur ; et si je les rapporte , ce n'est pas par orgueil ; mais pour vous prouver qu'ayant été honoré du suffrage de Napoléon, j'ai quelque droit à votre confiance, électeurs mes chers collègues.

Permettez-moi donc de vous communiquer mon avis au sujet des élections, et de vous faire part du fruit de mon expérience. C'est dans ces communications amicales que les bons citoyens découvrent la vérité, et, en s'éclairant mutuellement, travaillent tous ensemble à la gloire et à la prospérité de la patrie.

Bien souvent les bourgeois des villes ont l'air de se croire plus d'esprit qu'à nous autres habitants de la campagne. Cependant parmi les campagnards , cultivateurs, fermiers ou propriétaires, nous ne sommes pas sans connaître les choses, et nous pouvons distinguer ce qui convient aux intérêts de la France.

J'ai vu des fois que lorsque j'arrivais au chef-lieu pour les élections, des bourgeois de la ville, des avoués, et de jeunes avocats qui avaient la langue bien pendue, me disaient : Votez pour celui-ci; vous ne le connaissez pas, c'est égal, prenez-le toujours, c'est un bon, nous vous répondons de lui. — Vous me répondez de lui; mais qui me répondra de vous ? Je ne vous connais pas plus les uns que les autres. Voilà ce que je disais toujours aux avocats qui voulaient me faire voter selon leur idée. Car dans un procès, j'estime beaucoup les avocats, parce qu'ils en savent plus que moi; mais dans les élections, un cultivateur en sait autant qu'eux, et souvent même plus qu'eux. Car moi, qu'est-ce que je veux ? un député qui soit un honnête homme, qui ne veuille pas tout brouiller, qui défende les intérêts du commerce et de l'agriculture, et qui m'assure la conservation de mon bien ainsi que la paix et la tranquillité. Tandis que les avocats veulent beaucoup d'autres choses qui peuvent être très-utiles aux avocats, mais qui ne servent de rien au peuple; au contraire. Remarquez bien que les avocats parlent contre tous les gouvernements; d'abord parce qu'il faut que les avocats parlent toujours, c'est leur état ; ensuite, parce que tous les avocats veulent devenir juges ; la chose est connue.

L'autre jour que j'avais été à la ville pour le marché du samedi, j'entendais un gros marchand de blé qui me doit de l'argent, qui disait au café des Pyramides : « Ça va mal ; il faudrait la république ». Et moi, je me disais en moi-même : Je connais ton affaire ; tu n'attends que cette occasion-là pour faire banqueroute, toi. Alors voilà un avocat, un petit noirot, maigre, chétif, qui avait l'air de n'avoir ni sou, ni maille, qui dit : « Oui, il nous faut la république et la guerre, sacristi ! la guerre ! Nommons des députés qui déclarent la guerre ! »

Vous êtes encore bon là. Dites-moi donc, avocat, si on fait la guerre, est-ce les avocats qui se battront ? Vous resterez dans votre tribunal au milieu du papier timbré. Et puis c'est le cultivateur qui paiera les impôts de la guerre ; et puis c'est nos enfants qui iront au feu ; et puis quand ils seront tués, ça vous fera des procès pour les héritages. Merci. Ah ! messieurs qui voulez la république et la guerre, les avez-vous vues ? Moi j'ai vu la république et la guerre, et je vais vous dire ce qui en est, mes chers collègues.

Parlons d'abord de la république. Il y en a qui disent que c'est un gouvernement à bon marché ; tout ce que je sais, c'est que la république m'a coûté bien cher.

Mon père avait fourni de bon blé, que la république lui paya avec des morceaux de papier qu'on appelait des assignats ; et quand la république eut payé toutes ses dettes avec des assignats, elle décréta que les assignats ne valaient plus rien. De sorte qu'avec trois cent mille francs dans votre poche vous n'auriez pas pu acheter une paire de sabots.

Dans ce temps-là, moi j'étais volontaire à l'armée du général Lafayette, par enthousiasme : je me battais tous les jours et même j'en porte les cicatrices ; je puis les faire voir. Mais pendant que j'étais à me battre en Allemagne pour la république, ne voilà-t-il pas que le gouvernement de la république décrète que j'avais émigré ; et je me vois soumis à la condamnation d'un mauvais sujet qui ne se battait pas lui, mais qui était resté dans notre commune où il s'était fait donner la place de procureur-syndic.

C'était un nommé Lecointe, ancien domestique du château, un ivrogne, paresseux comme il n'est pas possible, et voleur exagéré. Voilà donc mon Lecointe, qui pour lors était en puissance, parce que la république est favorable aux intrigants, voilà le citoyen Lecointe qui se permet de dire que je suis émigré, et veut confisquer mon bien. D'abord on arrête mon épouse; car on dit que sous la république on est plus libre; mais c'est une façon de parler, puisque tous les honnêtes gens étaient en prison. On arrête donc mon épouse et on la guillotine. Me voilà veuf.

Vous me direz peut-être : Ce n'est pas un grand malheur. Si fait; car lorsqu'il n'y eut plus personne pour garder ma maison, le citoyen républicain Lecointe frappa des réquisitions sur ma ferme, si bien que mes vaches, bœufs et autres bestiaux passèrent de mon étable dans la sienne.

Pour lors, j'étais à l'armée, comme je vous disais, et je voulais aller me plaindre à mon général Lafayette; mais d'autres mauvais sujets comme Lecointe et plus féroces encore, les républicains Marat et Robespierre, venaient aussi de décréter d'accusation le général Lafayette comme traître à la patrie, et s'il ne s'était pas ensauvé, on le guillotinait comme ma femme.

Aussi on aura beau dire, je me méfierai toujours de la république. L'expérience m'a prouvé qu'elle n'était bonne que pour les banqueroutiers et les intrigants; et voilà pourquoi Napoléon l'avait supprimée. Je partage l'avis de ce grand homme et je ne veux pas du gouvernement républicain qui, sous prétexte de liberté, met tout le monde en prison, frappe des réquisitions arbitraires sur le cultivateur, consume son bien, guillotine les femmes lorsque leurs maris sont aux armées, et déclare traître à la patrie le plus grand défenseur de la liberté, le célèbre général Lafayette.

Je sais bien que les ambitieux vous diront que la nouvelle république ne commettrait pas d'horreurs; elle en commettrait la même chose, car les paresseux et mauvais sujets, les Lecointe qui ont mangé leur bien, voudraient encore tout naturellement nous prendre ce que nous avons gagné ou conservé par notre travail. La preuve c'est que nouvellement, dans les émeutes de Paris, on a pillé des boutiques, et que j'ai lu dans le *Constitutionnel* que les républicains de

Paris avaient bu à la santé de Robespierre le guillotineur. Et même, un républicain de Paris, nommé Gallois, a avoué la chose en plein tribunal. Ainsi, voyez, ils disent qu'ils ne feraient pas d'horreurs, et ils boivent à la santé de Robespierre qui a voulu guillotiner Lafayette. Si on les écoutait, si on les laissait faire, ils nous tonderaient comme des moutons; et quand ils nous auraient tondus, ils nous enverraient à la boucherie. Moi, je m'y oppose.

C'est pourquoi je voterai et je vous engage à voter pour de bons citoyens, sincères au gouvernement.

Je sais bien qu'il y a des ambitieux qui disent que le gouvernement va mal, qu'il *repousse les théories, s'égare dans le juste milieu et nous refuse les conséquences de juillet.* Voulez-vous que je vous dise ce que signifie ce patois-là? Cela veut dire que les ambitieux voudraient qu'en conséquence de la révolution de juillet on leur donne des bonnes places. Et comme il n'y a pas autant de bonnes places qu'il y a d'ambitieux, il en résulte que les ambitieux sans place disent qu'on leur refuse les conséquences de la révolution. Il faudrait donc faire tous les ans une révolution nouvelle pour contenter les ambitieux. Ce n'est pas la peine; car en définitive, c'est nous, c'est le cultivateur qui paie les pots cassés.

Les ambitieux le savent bien, aussi ils ne viendront pas vous dire bonnement ce qu'ils demandent; mais ils vous diront : Nommez-moi donc député; je ferai diminuer les impôts, et avec moins d'impôts je ferai plus de dépenses; vous donnerez moins d'argent, et on vous donnera plus de choses; vous aurez de nouveaux canaux, de nouvelles routes, une armée plus considérable : tout cela coûte fort cher; mais vous ne le payerez pas. Qui donc payera? répondez, intrigants. Vous ressemblez aux charlatans qui promettent d'arracher les dents sans douleur. Moi, je me méfie de vous, parce que lorsque je rencontre à la foire un homme qui me dit : Avec le prix d'un âne, je vous acheterai trois chevaux, je lui réponds : Va-t-en ; tu es un escroc.

Je vous dis tout cela, électeurs mes chers collègues, parce que je sais que parmi vous il y en a qui ne sont pas ambitieux, mais qui se laissent enjôler par les ambitieux, et qui disent : Je ne veux pas de la république; mais je vou-

drais la guerre, seulement pour défendre les Polonais.

Ah! par exemple, j'aime les Polonais; j'ai com-
battu avec eux; ils possèdent mon estime, et la
gloire couronne leurs fronts de palmes immor-
telles. Mais moi, qui ai été dans leur pays, je
vous dirai que c'est bien loin, et que cela exige
des préparatifs. Il faut traverser la Prusse dans
toute sa longueur; et comme la Prusse ne veut
pas qu'on la traverse, il faut en triompher. Pour
en triompher, il faut la guerre; et pour la guerre,
il faut de l'argent. Comment avoir de l'argent?
En augmentant les impositions; il n'y a pas
d'autre moyen. Donc, en définitive, c'est encore
le peuple qui payera. Voilà pourquoi notre gouvernement, qui aime le peuple, réfléchit avant
de faire la guerre pour les Polonais; et je l'en
félicite. D'autant plus que le gouvernement les
aime aussi, les Polonais; qu'il tient en respect
les Autrichiens et les Prussiens pour les empê-
cher de se mettre contre eux; et puis, par son
ambassadeur, il saura peut-être mieux arranger
leurs affaires que par une guerre qui nous ferait
diablement de mal sans leur faire beaucoup de
bien.

J'en connais qui disent : La guerre ne coûterait pas cher, parce que les nations sont pour nous. C'est bientôt dit : mais, raisonnons un peu. Si nous allons lever des contributions chez les peuples qui sont pour nous, les peuples qui sont pour nous se tourneront bien vite contre nous. Si, au contraire, pour rester bons amis, nous ne leur faisons pas payer les frais de la guerre, nous ferons donc la guerre à nos frais? car il faut toujours que quelqu'un paie.

Voilà pourquoi, parlant aux ministres avec l'indépendance et la franchise d'un homme libre, je leur dirai : Ministres, épargnez le sang et les sueurs du peuple ; mais laissez crier les bavards, et repoussez les ambitieux et les émeutes. Ne faites la guerre que lorsque l'honneur du nom français et la défense de la patrie exigeront que la nation crie aux armes. Alors la victoire couronnera nos glorieux drapeaux ; car chaque citoyen sera soldat, et chaque soldat citoyen. En attendant, respectez la Charte, veillez à la conservation des propriétés, et consolidez le trône élevé par les mains du peuple : les suffrages de tous les vrais patriotes vous récompenseront.

Électeurs, voilà mon langage. S'il vous convient, si vous ne voulez ni république, ni banqueroute, ni ruine de l'agriculture et du commerce, écartez les intrigants; ne votez que pour les députés que vous connaissez ennemis du désordre; et de même que nous sommes restés fidèles à l'empereur Napoléon, parce que nous l'avions fait nous-mêmes, restons fidèles et défendons le Roi des Français que nous avons nommé son successeur au milieu du feu de la mitraille et des barricades du peuple français.

Vive Louis-Philippe Ier!

Vive la Charte!

Je vous salue avec amitié,

J. B. RENAUD.

Ollainville, le 25 juin 1831.

IMPRIMERIE DE FIRMIN DIDOT FRÈRES,
RUE JACOB, N° 24.